KB213520

순간의 꽃

순간의 꽃

고은 작은시편

문학동네

해가 진다

내 소원 하나

살찐 보름달 아래 늑대 되리

*

오늘도 누구의 이야기로 하루를 보냈다

돌아오는 길
나무들이 나를 보고 있다

*

엄마는 곤히 잠들고
아기 혼자서
밤 기차 가는 소리 듣는다

*

봄비 촉촉 내리는 날
누가 오시나 한두 번 내다보았네

*

한쪽 날개가 없어진
파리가 엉금엉금 기어가고 있다

오늘 하루도 다 가고 있다

*

겨울 잔설 경건하여라

낙엽송들

빈 몸으로

쭈볏

쭈볏 서서

어떤 말에도 거짓이 없다

이런 데를 감히 내가 지나가고 있다

*

강원도 정선 가리왕산
내려오는
시냇물
부지런하다
그보다 물 거슬러
올라가는
쉬리 부지런하다
게리 부지런하다

누우면 끝장이다
앓는 짐승이
필사적으로
서 있는 하루

오늘도 이 세상의 그런 하루였단다 숙아

어미 기린
남의 새끼에게도
간절히 젖을 먹인다

순철이 엄마 먼 데 쳐다보며
어미 없는 호길이 동생에게 차거운 젖 물려준다

*

소쩍새가 온몸으로 우는 동안
별들도 온몸으로 빛나고 있다
이런 세상에 내가 버젓이 누워 잠을 청한다

*

4월 19일
첫 뱀이 나와 죽어 있구나

내가 너무 오래 살았구나

슬퍼하지 않겠노라고
괴로워하지 않겠노라고
갓 태어나
배냇웃음인가

갓난아기의 잠든 얼굴

노를 젓다가
노를 놓쳐버렸다

비로소 넓은 물을 돌아다보았다

*

옆자리에서
오늘 하루 번 것을
이것저것 이야기하고 있다

소주 마시는
두 젊은이
벌써 지아비이고 아비로다

*

동굴 밖은 우짖는 비바람 소리
동굴 안은
천장 가득히 박쥐들의 묵언이로다

*

4월 30일
저 서운산 연둣빛 좀 보아라

이런 날
무슨 사랑이겠는가
무슨 미움이겠는가

*

여름방학 초등학교 교실들 조용하다
한 교실에는
7음계 '파' 음이
죽은 풍금이 있다
그 교실에는
42년 전에 걸어놓은 태극기 액자가 있다
또 그 교실에는
그 시절
대담한 낙서가 남아 있다

김옥자의 유방이 제일 크다

*

두 거지가
얻은 밥 나눠먹고 있다

초승달 힘차게 빛나고 있다

*

길 한복판
개 두 녀석이 붙어 있다

나는 다른 길로 접어들었다

*

사진관 진열장
아이 못 낳는 아낙이
남의 아이 돌사진 눈웃음지며 들여다본다

*

옷깃 여며라
광주 이천 불구덩이 가마 속
그릇 하나 익어간다

*

여보 나 왔소
모진 겨울 다 갔소

아내 무덤이 조용히 웃는다

*

천년의 추억을 가졌다고 말한 사람 있지
천년의 미래 진작 다녀왔다고 말한 사람도 있지
바람 부는 날
나는 버스를 기다린다

*

딸에게 편지 쓰는 손등에
어쩌자고 내려앉느냐
올 봄 첫손님
노랑나비야

*

아우슈비츠에 가서
쌓인 안경들을 보았다
쌓인 산더미 신발들을 보았다
돌아오는 길은
서로 다른 창 밖을 바라보았다

*

부들 끝에 앉은 새끼 잠자리
온 세상이 삥 둘러섰네

*

흰 구름 널린 하늘 아래
여기저기 바보들 있다

*

가재야 너는 왜 그리도 복잡하니?

더듬이에다
턱다리에다
털발에다
가슴다리
배다리에다
또 무엇에다

*

뭐니 뭐니 해도
호수는
누구와 헤어진 뒤
거기 있더라

22

*

가난한 집 마당
달빛이 환하여 떡 치고 있네

*

풍뎅이 너도
날개 떨며 노래하누나

*

바람에 날려가는
민들레씨만 하거라
늦가을 억새 씨만하거라

혼자 가서 한세상 차려보아라

*

소나기 맞는 민들레
입 오무리고 견디는구나

굳세어라 금순아

*

마당에서 눈 내리고
방 안에서 모르네

*

눈길 산짐승 발자국 따라가다가
내 발자국 돌아보았다

*

저 매미 울음소리
10년 혹은 15년이나
땅속에 있다 나온 울음소리라네
감사하게나

*

푸른 하늘 아래
뱃속의 아기도 있다

*

티벳 창탕고원 알리
거기에도
사람이 살고 있었다
아이들이 싸우고 있고
개가 그 싸움을 바라보다가
한쪽 다리 들고
한참이나 오줌을 싸고 있었다

*

아직은 고향이더라

어릴 적 가재 잘 잡던
수남이도 죽었다 한다
수남이와 함께
가재 숨은 돌
번쩍 들어올리던
상문이도 죽었다 한다
방아달 경호도 죽었다 한다

눈 녹은 뒤 보리밭 오래 푸르더라

*

두 사람이 마주 앉아
밥을 먹는다

흔하디 흔한 것
동시에
최고의 것

가로되 사랑이더라

간밤 꿈에
두 줄이 나왔다네
깨어나서
한 줄은 잊어먹었네

雪月三更無餘句라

눈
달
하얀 밤에
남은 구절 없어라

*

지렁이 한 녀석도
산울림 들으며 자라난다
아기 무덤도
파도 소리 들으며 어른이 된다

*

초신성은 멸망으로만 빛납니다
멸망으로만
새로운 별입니다
나는 누구누구였던가
아득하여라
아득하여라

*

소리 없어라

땅 속에 묻힌 송진 호박이 되어가고
땅 위에서 첫눈 온다

*

사자자리에서
내가 왔다
궁수자리에서
네가 왔다

우리는 백년손님 이 세상 서성거리다 가자

*

저 골목 오르막길
오순도순
거기
가난한 집의 행복이 정녕 행복이니라

*

가던 길
고라니가
물 속의 달 가만히 바라보네

*

이 세상이란

여기 나비 노니는데
저기 거미집 있네

*

옛 시인
나라는 망하건만
산하는 있네라 하였도다

오늘의 시인
산하는 망하건만
나라는 있네라 하도다

내일의 시인
오호라
산하도 망하고
나라도 망하였네
너도
나도 망하였네라 하리로다

*

초등학교 유리창마다
석양이 빛나고 있다

그 유리창 하나하나가 실컷 신들이었다

*

모이 쪼는 병아리 부리
내 공부 멀고 멀어라

*

헐렁한 바지 입은 아버지가
아들의 도시락 가지고
육교에 올라간다

인구 5만의 읍내 초등학교 부근

*

창 밖은 바람 한 점 모르고 깡추위인가 보다
춘란 홍화(紅花) 두 송이
내 앞에 나란히 피어났다

안중근 의사가 남긴 참을 인(忍) 한 자도 저쪽에 걸려
있다

＊

쉼표여
마침표여
내 어설픈 45년
감사합니다

더이상 그대들을 욕되게 하지 않겠나이다

＊

수우족에게는 작별인사가 없다
내일 달이 다시 뜬다
보름달 다음
열엿샛달이

*

할머니가 말하셨다
아주 사소한 일
바늘에
실 꿰는 것도 온몸으로 하거라

요즘은 바늘구멍이 안 보여

*

어미가 새끼 부를 때
새끼가 어미 부를 때
그 분주한 새소리
앞산의 다른 새들도 듣는다

*

어린 토끼 주둥이 봐
개꼬리 봐
이런 세상에 내가 살고 있다니

*

눈 위의 새 발자국
그 부근에서
누이의 넋을 찾아보았다
선화야
선화야
선화야

*

어찌 꽃 한 송이만 있겠는가
저쪽
마른 강바닥에도 아랑곳하게나
볼품없음이
그대 임이겠네

*

정신병원은 화려하다
나는 황제다
나는 육군소장이다
나는 UN 사무총장이다
나는 가수 박훈아다
나는 신이다
나는 미스코리아다
나는 탤런트 김보길이다

정신병원은 정신병원의 별관이다

*

고양이도 퇴화된 맹수이다
개도 퇴화된 맹수이다
나도 퇴화된 맹수이다

원시에서 너무 멀리 와버렸다
우리들의 오늘
잔꾀만 남아

*

장날 파장 때
지난해 죽은 삼만이 어미도
얼핏 보였다
저승에서도 장 보러 왔나 보다

*

반도는 손님이 오는 곳이다
손님이 가는 곳이다

그래서 한반도 남쪽에는
술집이 그리도 많은가

술집 3백8십만여 군데

*

서시베리아 저지대
예니세이 강 상공을 지나간다
오브 강
토볼스크쯤인가
옴스크쯤인가
고도 1만 미터 창 안의 나에게
저 아래
한 유리창 햇빛이 반사되어 날아왔다

3초쯤이 전부였나

곧 우랄 산맥 상공을 지나갔다

잘 있게
내 인사는 언제나 늦어버렸다
이미 그 힘찬 햇빛은 없어졌다

*

아서
아서
칼집이 칼을 만류하느라
하룻밤 새웠다
칼집과 칼집 속의 칼 고요!

*

동현이네 닭이 운다
용식이네 닭이 운다
순남이네 닭이 운다
금철이네 닭이 운다
금철이 할아버지 숨졌다

위뜸 아래뜸 개가 짖는다
밤 손님의 성(姓)
김가인가 박가인가

전과 12범 살인강도에게
세 살 때가 있었다
발가벗고 미쳐 날뛰는 연산군에게
네 살 때가 있었다
쥐암쥐암 한 살 때도 있었다

*

무슨 질풍노도 무슨 잔치를 꿈꾸는가
걸려 있는 징

*

달걀 밖 어미닭
달걀 속 병아리
그들은 온통 한 몸이라네

*

일하는 사람들이 있는 들녘을
물끄러미 보다
한평생 일하고 나서 묻힌
할아버지의 무덤
물끄러미 보다

나는 주머니에 넣었던 손을 뺐다

*

어쩌란 말이냐
복사꽃잎
빈집에 하루 내내 날아든다

*

내려갈 때 보았네
올라갈 때 못 본
그 꽃

*

소년감방
날마다 손을 놀린다
팔을 놀린다
굳어지지 않아야
나가서
다시 소매치기할 수 있지

*

봄바람에
이 골짝
저 골짝
난리 났네
제정신 못 차리겠네
아유 꽃년 꽃놈들!

*

소대가리가 없어졌다고?
말대가리가 나타났다고?
역대조사(歷代祖師)라는 녀석들
한평생 헛소리로다

*

30년 전
굶주린 아낙에게
아지랑이 쌀 천 석

*

어쩌자고 이렇게 큰 하늘인가
나는 달랑 혼자인데

*

하도 하도 심심하던지
거미줄 풍뎅이 껍질
찬바람에 그네 타네

*

친구를 가져보아라
적을 안다
적을 가져보아라
친구를 안다

이 무슨 장난인가

*

오마르 하이얌
그대 예순일곱 생일날
천문대가 꿈이었지

지상의 술
천상의 별이 그대의 나라였지

어린이가 늙은이 속에 자꾸자꾸 태어나서……

*

죽은 나뭇가지에 매달린
천 개의 물방울

비가 괜히 온 게 아니었다

*

저쪽 언덕에서
소가 비 맞고 서 있다

이쪽 처마 밑에서
나는 비가 그치기를 기다리고 있다

둘은 한참 뒤 서로 눈길을 피하였다

*

이런 날이 있었다
길 물어볼 사람 없어서
소나무 가지 하나
길게 뻗어나간 쪽으로 갔다

찾던 길이었다

*

답답할 때가 있다
이 세상밖에 없는가
기껏해야
저 세상밖에 없는가

*

60촉짜리 불빛 아래
감방의 잠든 얼굴들

다 내 배 안에 들었던 자식이었다

*

모래개펄 지나
아무 말 않고
바다 속
아무 말 않고
아기거북이는 먼 길 가더라

*

3월 햇살에
쭈우
쭈우
입 벌려

꽃망울이 열린다

*

한번 더 살고 싶을 때가 왜 없겠는가
죽은 붕어의 뜬 눈

*

나는 내일의 나를 모르고 살고 있다

술 어지간히 취한 밤
번개 쳐
그런 내가 세상에 드러나버렸다

*

어머니 없는 인간의 때 오리라

동물원
오랑우탄 어미와 새끼
한참 바라보았다

*

개하고 돼지하고
수탉하고
암탉하고 거위하고
집고양이하고
병아리 아홉 마리하고
사이 좋을 것도 없고
나쁠 것도 없는
하루

심심하던가 마당에 닭똥 여기저기

*

고개 넘으면
아리따운 순이네 보리밭
거기 노고지리 되어 솟아오르리

*

설날 늙은 거지
마을 한 바퀴 돌다

태평성대 별것이던가

*

내 집 밖에 온통
내 스승이다

말똥 선생님
소똥 선생님

어린아이 주근깨 선생님

*

곰곰이 생각건대
매순간 나는 묻혀버렸다
그래서 나는
수많은 무덤이다

그런 것을 여기 나 있다고 뻐겨댔으니

*

아무래도 미워하는 힘 이상으로
사랑하는 힘이 있어야겠다
이 세상과
저 세상에는
사람 살 만한 아침이 있다 저녁이 있다 밤이 있다

호젓이 불 밝혀

*

봄밤 아이 우는 소리가 있었다
가을밤 다듬이 소리가 있었다
여기가
열 번이나 사람 사는 곳이었다

똥거름밭 지나며
고개 절로 숙였다

*

유전이여
변천이여
너밖에 깨달을 것이 없다

아 10년 공부 나무아미타불

*

손으로 나무 만지네
발로 풀을 밟네
이만하면
사람도 나무의 이웃인가 풀의 이웃인가

*

책을 미워한다
책 읽는 놈들을 미워한다
이런 놈들로
정신이 죽어버렸다

밥그릇들 포개어진 식당같이 빈 돼지우리같이

*

지난 70년 동안
수많은 천재들과 함께 살았다
내가 천재였다면
그런 행복 몰랐으리라

프리드리히 빌헬름 니체여
아마데우스여
이하(李賀)여
조선의 무명 천재들이여

*

강 건너에서
우리 둘에게 종소리가 들려왔다
함께 들으라고
종소리가 들려왔다

헤어지기로 했다가
헤어지지 않기로 했다

*

이 세상에서
가장 따뜻한 위로의 말인가
푸른 잣나무 가지에
쌓인 눈덩이
떨어지는 소리

*

다시 한번 폭발하고 싶어라
불바다이고 싶어라

한라산 백록담

*

강원도 진부령인가
이 세상의 눈 경치만한 것
또 있겠는가

봄날도
가을 단풍도
동해 쪽빛도
섭섭함 아니던가

*

갈재 밑 아이들 모여 있는 곳 어여쁜 시냇물 소리였네
머지않아
바다인 줄도 몰라

*

새벽 먼동 뭉수레하다
옥저땅 바닷가 자개돌들이 자고 있다
긴 꿈결인가
해 뜨는 줄도 모르겠다

*

구름 속 보름달이 나타난다
도둑놈이 화들짝 놀라 달아난다
개들이 놀라 짖어댄다

*

방금 도끼에 쪼개어진 장작
속살에
싸락눈 뿌린다

서로 낯설다

*

길갓집
마당도 없다
울도 없다
신발 한 짝 어디 갔나

*

햇병아리 열두 마리 마당에 있다
어미도 함께 있다

반드시 솔개가 공중 아마득히 떠 있다

*

소말리아에 가서
너희들의 자본주의를 보아라
너희들의 사회주의를 보아라
주린 아이들의 눈을 보아라

*

개는 가난한 제 집에 있다
무슨 대궐
무슨 부자네 기웃거리지 않는다

고군산 선유도 낮은 수평선
해가 풍덩 진다

함부로 슬퍼하지 말아야겠다

겨울바다에는
헤어진 사람이
가거라
지금 뜨거운 사랑보다
지난날 뜨겁게 사랑했던 사람이
가거라

*

저 어마어마한 회장님 댁
거지에게는 절망이고
도둑에게는 희망이다

*

새벽 한시 반
건너편 16동
여섯 개 불빛 중
하나가 꺼졌다

또하나가 꺼졌다

*

소양호쯤
그곳에서는 하나가 둘이 되지
무슨 영문인지
호수와
그대와 나 셋이 되지

*

호숫가에서
그대 이름을 불렀습니다
멀어져가는 메아리 뒤
그대
어디 계셔요
어디 계셔요

*

급한 물에 떠내려가다가
닿은 곳에서
싹 틔우는 땅버들씨앗

이렇게 시작해보거라

*

강과 바다 오가며
사는 것들
너희들이 진짜 공부꾼이다
뱀장어야
참게야

*

천년 내내 손님 노릇하네
하필
수련꽃 위에 앉은 잠자리도 나도

*

온종일 장마비 맞는 거미줄
너에게도 큰 시련이 있구나

*

저의 니르바나는 떠도는 니르바나입니다
저는 이것을
바람으로부터 배웠습니다
구름
비
도랑물
그런 것들로부터 또 배웠습니다

저는 영영 떠도는 학생입니다

*

어젯밤 나는
머나먼 토성고리에 매달린 꿈을 꾸었다
강아지야
너는 무슨 꿈을 꾸었니?

*

크레타 섬 중국식당에서
나오다가
발을 헛디디었다
바다가 기울어졌다
그러자마자
바다 속 포세이돈이 우람져 떠올랐다 다시 잠겼다

*

옳거니
서천축의 석가모니가
바다 건너 오시더니
여기 와
다른 석가모니가 되셨네

우리 모두 신나게 다른 무엇으로 되어버렸네

모 심은 논 밤새도록
천 마리 떼 개구리 일하시네

무욕(無慾)만한 탐욕(貪慾) 없습니다
그것말고
강호 제군의
고만고만한 욕망
그것들이
이 세상과 저 세상 사이의 진리입니다

자 건배

*

자연만한 노동이
어디 있는가

오늘 나는
밭 한 뙈기 씨를 뿌렸다
자연이 싹을 틔우리라 무럭무럭 길러내리라

결국 사람이란 얌얌 얌체일밖에

*

만물은 노래하고 말한다
새는 새소리로 노래하고
바위는 침묵으로 말한다
나는 무엇으로 노래하고 무엇으로 말하는가

나의 가갸거겨고교는 무슨 잠꼬대인가

*

날아오는 제비들이 있는 한
나에게 살아야 할 까닭이 있습니다
그 제비들
돌아가는 바다 저쪽
강남이 있는 한
내일을 기다리는 까닭이 있습니다

내가 당신을 그리워하는 까닭이 있습니다

＊

내일 나는 서울 인사동에서
대구의 이동순을 만날 것이다

내일 나는 공도우체국에 가서 편지를 부치고
저녁때는 읽다 만 몽골문화사를 읽을 것이다

내일 나는 오늘보다 더 많은 시간을 공칠 것이다

추운 배추밭처럼
이런 예정들이 얼마나 행복한가
그러나
내일이란 벌써 오늘이다

*

안성읍내 5일장
파는 사람
사는 사람
병들었다가
엊그제 일어난 사람

모르는 사람도 흐지부지 아는 사람이 된다

*

나는 고향에서

고국에서

아주 멀리 떠난 사람을 존경한다

혼자서 시조(始祖)가 되는 삶만이

다른 삶을 모방하지 않는다

스무 살 고주몽

*

비 맞는 풀 춤추고

비 맞는 돌 잠잔다

*

거짓말을 할 수 없구나
그믐밤
그믐달 하나

*

그대 허파도 뭣도 다 보이는 달밤
무덤들도 좀 움직이누나

*

두메산골
장끼 놀라 후두둑 날아간다
이 녀석아
너만 놀라니?
나도 함께 놀랐다

*

외금강에 가서 시 못 짓다
내금강에 가서 시 못 짓다
빈 몸이 참다웠다

*

돌말(石馬)
쇠소(鐵牛)는커녕
흙돼지(黑豚) 한 마리 없는
가난뱅이에게

석가는 무슨 석가 불러들이나

*

자비라는 건
정(情)이야

정 없이
도(道) 있다고?

그런 도 깨쳐 무슨 좀도둑질하려나

*

사람들은 이야기함으로써
사람이다

어이 나비 타이 신사!
그래 졸지 말고
이런 이야기
저런 이야기 좀 해보아

*

첫 빗방울
툭 떨어지며 후박나무 잎사귀
깨어난다
이어서
이 잎사귀도
저 잎사귀도

*

낙숫물 소리
나도
거미도 한나절 말이 없다

*

귀신 쫓아버리고 나니
심심하구나
가야산 방장이시여
함부로
불 가운데 꽃 핀다 하지 마소
나비 날아들면
어찌시려고

*

1700공안(公案)을 부숴버려야
물위에
배가 있고
하늘에 구름 있다

*

내가 들을 생각도 하지 않는데
우렛소리였다

나에게 손님 온 지 오래

*

어느 쪽인가 몰라도 좋아

산골짝 옹달샘
누나 같다
누이 같다
헤어졌다 만나는
누이 같다

*

신새벽
첫 닭 우는 소리
저 방에서도 듣고 있겠지

*

왜?
왜?
왜?
청명한 날
다섯 살짜리의 질문이 바빴다

그런 왜? 없이는
모두 허무인 줄을
그 아이가 알고 있겠지

*

재가 되어서야
새로운 것이 될 수 있다 하더이다
10년 내내
제 불운은 재가 되어본 적 없음이더이다

늦가을 낙엽 한 무더기 태우며 울고 싶더이다

*

산이 있다
건달의 생애 후반
그래도 나는 산의 무엇이었다

*

왜 지금이 천년의 이후이고
또 천년의 이전이란 말인가
지금의 지금
나는 술이 확 깨어버린다

술상머리 일어섰다

*

개미행렬이
길을 가로질러 가는 것은
결코
이 세상이
사람만의 것이 아님을
오늘도
내일도
또 내일도
조금씩 조금씩 깨닫게 하는 것인지 몰라

햇볕이 숯불처럼 뜨거운 한낮 뻐꾸기 소리 그쳤다

*

시베리아 혹한만을 말하지 말자
시베리아 폭염 속
썩어버린 잉어가시 하얗게 빛나더라

*

역설의 역설이라 해도 좋다
진실로 이르노니
가난한 사람에게 오늘을 물어라
가난한 나라에 내일을 물어라
아메리카가 아니라
아메리카 인디언에게
소말리아 아낙에게
새로운 세기를 물어라

*

지난여름 탱크가 지나간 자리에
올가을 구절초 꽃 피어났네

*

가고 싶다 어머니 같은 누님 같은
봄밤의 물냄새 자욱한 그곳
다도해

*

우리들 다시는 네 다리로
내달릴 수 없다
저 풀밭과
안개 걷히는 능선

오, 직립인간의 저주여

*

지렁이야
너는 자지러지는 노래 하나 없이
어찌 그다지 늘였다 줄였다 기나긴 생애이뇨

*

겸허함이여
항구에 돌아오는 배
오만함이여
항구를 떠나는 배

*

함박눈이 내립니다
함박눈이 내립니다 모두 무죄입니다

*

단풍나무 옆에
산딸나무 있네
산딸나무 옆에
상수리나무 있네
상수리나무 옆에
내 아내도 있네

*

소가 운다
송아지가 운다

그 오랜 사랑을 사람이 흉내낸다

달동네 언덕빼기
진눈깨비 맞고 오는 남정네였다
개가 달려나간다

개 꼬리 좀 보아라

남아 있는 옛길이었습니다
미루나무와
미루나무 사이
불현듯 죽은 아우가 서 있습니다
저문 길이었습니다

*

한반도에는 석탄보다 그리움이 훨씬 더 많이 묻혀 있다
55년 전
50년 전 흩어진 피붙이들이
무쇠 같은 휴전선 두고
그 남에서
그 북에서 그리움이 직업이었다

그리하여 삼면이 그리움투성이 한반도

*

못내 아침이슬이면
더이상 바랄 나위 없다
거미줄에 실려 반짝이는
아침이슬이면
더이상 할 일이 없다

순아 옥아
쩽쩽한 하루 공쳐도 좋아

*

강 건너 불빛

아무도 묻지 않았다
아무도 대답하지 않았다

*

걸어가는 사람이 제일 아름답더라
누구와 만나
함께 걸어가는 사람이 제일 아름답더라
솜구름 널린 하늘이더라

*

팽이가 돈다
어제 미당이 갔다
오늘 우리 동네 오영감이 갔다
어찌 죽음이 하나둘만이리오
어린아이 팽이에 뭇 죽음들이 삥 둘러서 있다

*

길을 잃었다 가도 가도 그냥 모래뿐이었다
고비 사막이었다
반가워라
모래에 묻혔다 나온 백골

장차 내 백골 따위
어디쯤에서
뒷세상의 길이 될까

가슴 두근두근 오아시스가 가까웠다

*

갈보도 좋아하네
꽃 좀 봐
열네 살 선희도 좋아하네
꽃 좀 봐

*

오늘 갚은 빚같이 새로운 것
오늘 쓴 무덤같이 새로운 것
몇 번인가
이렇게 새로 살아가는 생애가 있다
저만치
나비가 혼자인 듯 둘인 듯

*

실컷

태양을 쳐다보다가 소경이 되어버리고 싶은 때가 왜 없
겠는가

그대를 사랑한다며 나를 사랑하였다

이웃을 사랑한다며

세상을 사랑한다며 나를 사랑하고 말았다

시궁창 미나리밭 밭머리 개구리들이 울고 있다

*

돈 벌러 간 빈 집

먼 종소리가

거기까지 온다

개가 듣는다

가만히 푸른 하늘이 내려다본다

*

회한! 이것 없이 무슨 진실이겠느냐
11월 중순
조금 때 대부도 바닷가
누군가가 서 있다
허섭스레기들이 밀려와 있다

*

초파일 밤 등불 아래
나는 그네를 보았네
감히
그네의 전생을 보았네
그네가 탑을 돌며 나를 보았네

*

북한 개마고원 상공을 지나갈 때
함께 가는 친구에게 죄스러웠다
진실로
내가 탄 비행기가 떨어지기를 빌었다
왜 그랬는지 몰라
그 구름 속 고원이
억세게도 내 저승이었다

*

간밤에는 여럿이 울었는데
새벽녘
너 혼자구나
벌레야
내가 깨어 있어 네 동무로구나

서울교도소 5사상1방

*

꼭 이다음에는 무명 치마를 입어야겠다
할머니의 길
어머니의 길
들밥 광주리 이고 어서어서 가야겠다

29년 만의 고향 들녘에 와서 그이들을 보았다

*

백령도 앞바다 군함이 가고 있다
도무지 갈매기 한 마리 없이
바다는
누군가가 실종된 바다였다
나는 빈 소주병을 들고 있다

이 시의 길을 가면서

돌아다보는 감회에는 늘 지난날의 어떤 과장도 따라붙는 것인가.

시집 하나를 낼 때마다 한가닥 감회말고도 그 동안 살아온 날들의 분진이 함께 일어나서 공연히 빈 마음이 될 줄 모른다.

빈 마음에 앞서,

빈손인데 호미자루를 쥐고 살아오던 것이다(空手把鋤頭).

굳이 이 말을 고쳐 호미 대신 붓이라 해두자.

여기저기서 종소리들이 다 들린 뒤로 나는 올해를 늦게

115

시작하였다.

2월 중순에 들어서서야, '만인보 — 1950년대 사람들'을 조금씩 써가고 있는 한편으로 어느 날 이 작은 시편 1백여 수가 나오기 시작하였다. 소나기 삼형제였다.

그러기 전까지는 나는 영영 시 한 줄도 나오지 않는 마른 옛 샘인가 하고 야릇이 허망에 잠겨 있었다.

여기에다 외국 초청이 내내 줄을 달고 있게 되니 새가 고즈넉이 단골 나뭇가지에 앉아 있지 못하고 이곳저곳 잔치에 뜨내기로 날아다녀야 하였다. 그뿐인가, 새벽까지 술타령한다고 인내심 많은 아내한테 혼나는 일도 여러 번이었다. 도무지 철이 들지 않는 질병이었다.

하지만 시인생활 47년이 되는 이제까지 건너가는 사막마다 그래도 척박한 행로 중에 오아시스는 있어주었다.

옛 시인들과 더불어 시마(詩魔)가 있어왔다. 또 이백이 두보를 연민하며 시수(詩瘦)를 말한 이래 그것도 있어왔다.

이것 밖에도 혹시 나에게는 시무(詩巫)가 있어 여느 때는 멍청해 있다가 번개 쳐 무당 기운을 받으면 느닷없이 작두날 딛고 모진 춤을 추어야 하는지 모른다.

그런 노릇으로 전작 시편 『남과 북』도 낯선 땅 숙소의 책상머리에서 나왔던 것이고 이번에도 마치 누가 묻어둔 것을 내가 파내는 셈이었다. 이것이 『순간의 꽃』이다.

이런 무당 기운말고 올해부터 날마다 한 편 혹은 두 편의 작은 시편들을 쓰고 있다.이것이 유일한 내 수행이라면 수행이고 싶은 것이다.

순간에 대해서 좀 언급한다. 나도 누구도 매순간의 엄연한 기운과 함께 존재하고 있다. 그런데 존재 자체가 변화 미분(微分)들의 순간을 이어가는 것 아닌가.

그 순간들이 사물이나 현상 그리고 나 자신의 심성의 운율에 끊임없이 닿아오면서 어떤 해답을 지향한다. (아니 그 해답이란 이루어지자마자 문제의 시작이다.)

그럴 때의 직관은 그것이면 더 바랄 나위 없는 순진무구이다.

그 동안 오래 공부한 시간론으로서의 '찰나'를 생각하지 않는 것은 아니다. 하지만 그 찰나 중에 9백 생멸이 있는 것으로 말하다가는 수습할 수 없는 것 같았다.

그저 눈 깜짝할 사이라는 그 순간의 어여쁜 의미가 세상과 맞으리라 여겼다.

순간 속의 무궁!

이런 경계란 무릇 상상 속에 잠겨 있는 것이겠지만 하나의 직관은 꽃과 꽃을 보는 눈 사이의 일회적인 실체를 구현하는 것 같아서 시집의 이름으로 삼고 말았다.

덧붙일 것이라면, 10여 년 전의 선시집 『뭐냐』와 이번 시편들을 꼭 갈라놓을 생각은 없으나 그것의 연장으로 말하기를 저어한다. 이것은 이것이니까.

만당(晚唐) 시절의 이장길에게도 횔덜린에게도 시쓰기보다 시를 버리는 시간 속에서 그 모순의 힘에 의한 시가 비극적으로 잉태되었던 것이 아닐까.

역설을 말하고 싶다. 나에게 시쓰기가 삶의 전부는 아니다. 따라서 삶이 시의 전부도 아니다.

시와 삶 사이의 종종 있는 불화의 되풀이는 결국 다음의 시를 위해서 있어야 할 오르막길 언덕일 것이다.

그렇다면 삶의 뭇 역려(逆旅)인들 어찌 저마다 시의 동산 아니랴.

이 길을 가는 동안 더러 내려다보는 곳도 있고 올려다보는 데도 있으리라.

오늘도
내일도 나는 시의 길을 아득히 간다.

2001년 봄
고은

고은

1933년 출생. 1958년 『현대문학』에 「봄밤의 말씀」「눈길」「천은사운」 등을 추천받아 등단했다. 1960년 첫 시집 『피안감성』을 펴낸 이래 시, 소설, 평론 등에 걸쳐 고도의 예술적 경지를 선보여왔다. 시집 『순간의 꽃』, 시선집 『어느 바람』 『오십 년의 사춘기』, 서사시 『백두산』(전7권), 연작시편 『만인보』(전26권), 『고은시전집』(전2권), 『고은 전집』(전38권)을 비롯해 150여 권의 저서를 간행했고, 영어, 독일어, 프랑스어, 스웨덴어 등 전 세계 10여 개 언어로 시집, 시선집이 번역되어 세계 언론과 독자들의 뜨거운 호응을 불러일으켰다. 만해문학상, 대산문학상, 중앙문화대상, 대한민국예술원상 등과, 스웨덴 시카다 상, 캐나다 그리핀 공로상, 황금화환상 등을 수상했다.

고은 작은시편

순간의 꽃

ⓒ 고은 2001

1판 1쇄	2001년 4월 30일
1판 40쇄	2023년 1월 18일

지은이 고은
책임편집 김현정 김미영
마케팅 정민호 이숙재 박치우 한민아 이민경 안남영 왕지경 김수현 정경주
브랜딩 함유지 함근아 김희숙 고보미 박민재 박진희 정승민
제작 강신은 김동욱 임현식 | **제작처** (주) 상지사 P&B

펴낸곳 (주)문학동네 | **펴낸이** 김소영
출판등록 1993년 10월 22일 제2003-000045호
주소 10881 경기도 파주시 회동길 210
전자우편 editor@munhak.com | 대표전화 031)955-8888 | 팩스 031)955-8855
문의전화 031) 955-3578(마케팅) 031) 955-8864(편집)
문학동네카페 http://cafe.naver.com/mhdn
인스타그램 @munhakdongne | 트위터 @munhakdongne
북클럽문학동네 http://bookclubmunhak.com

ISBN 89-8281-384-5 02810
* 이 책의 판권은 지은이와 문학동네에 있습니다.
  이 책 내용의 전부 또는 일부를 재사용하려면 반드시 양측의 서면 동의를 받아야 합니다.

www.munhak.com